坂村真民

詩集

宇宙のまなざし

サンマーク出版

目次

装丁――川上成夫
本文デザイン――こやまたかこ
編集協力――逍遙舎

詩集

宇宙のまなざし

まるいもの

よく見てごらん
ろうそくの
まるい光を
たんぽぽの
まるい綿毛を
まるい地球に
まるい月
ああこの
子産石《こうむいし》のように
まるくなろう
すべてを包む
まるい愛

わたしの三願

一つ
鳥のように
一途《いちず》に
飛んでゆこう
二つ
水のように
素直に
流れてゆこう
三つ
雲のように
身軽に
生きてゆこう

宇宙のまなざし

明けの
明星さまは
宇宙の
まなざし
すべての星が
消えても
一つ残って
光り給《たも》う
その愛の
あたたかさよ
ありがたさよ
限りのない

深さよ

突破と招来

大宇宙
大和楽

この六字十音の真言《しんごん》で
二十世紀の闇《やみ》を突破しよう
二十一世紀の光を招来しよう

凛

砂漠や高山を踏破してきた
人の顔は
窯を出た焼き物のように
凛《りん》としている
人間こんな顔にならない限り
本ものとは言えない

三つの川

わたしの思い出のなかを
流れている三つの川

一つは少年の日の菊池川
一つは青春の日の五十鈴《いすず》川
一つは老年になっての重信《しげのぶ》川
この三つの川が
私という人間を育て
作り上げてきた
川は海に達するまでながれてゆく
わたしもいつかは辿《たど》りつくであろう
そしてその時わたしの血が止まるであろう
壮年時代の川がないのは
わたしのせいでなく
かつてない無謀な戦争のためだ
なつかしい三つの川よ
わたしの生命の川よ

きのこのように

あたたかい
御飯があり
あたたかい
風呂があり
あたたかい
布団があり
貧しいけれど
親子五人が
きのこのように
かたまって生きる
この家族を
神よお守り下さい

こつ

利根白泉先生は
松葉酒を造る
こつを教えて下さった
杉村 春苔尼《しゅんたいに》先生は
うどんのおつゆを作る
こつを教えて下さった
生きた字を書くこつは
息を止めること
これはわたしが考えだした
筆字のこつ

坐忘

坐《ざ》して年を忘れよ
坐して金を忘れよ
坐して己《おのれ》を忘れよ
坐して詩を忘れよ
坐して仏を忘れよ
坐して生を忘れよ

坐して死を忘れよ

雲

一遍《いっぺん》さあーん　と
呼んだら
おーい
おーい　と
きこえてきそうな
雲のゆききの
夕ぐれであった

連詩「大宇宙大和楽」

1

二つのものが一つになり
そこに生命が生まれ
無数の小宇宙が誕生し
生成する
空は茜《あかね》
喜びの雲が飛ぶ

2

無限不可思議な力が
粒子となって

絶えず流れ
特に寅《とら》の一刻では
霊性を持ったものが
稲妻のように
全宇宙を駆けめぐる

3

十億兆の母太陽があり
百億兆の惑星があり
これらすべてが
整然と運行し
何の乱れもない
何というすばらしさか

4

一輪の花
一羽の鳥
すべては大宇宙の分身
むろんわれらの体も然《しか》り
故に釈迦牟尼世尊《しやかむにせそん》も言い給《たも》う
天上天下《てんじようてんげ》唯我独尊と

5

光があり
闇《やみ》があり
陰があり
陽があり
この世があり
あの世があり
苦があり

楽があり
このように相対のなかに
調和があり
秩序があり
宇宙生成の原理がある
それを知らねばならぬ

ちぎれ雲

ちぎれ雲
なぜにちぎれて飛んでゆく
呼ばれているのを知らないか
もどってこいよ
ちぎれ雲

時間をかけて

あせるな
いそぐな
ぐらぐらするな
馬鹿にされようと
笑われようと
自分の道を
まっすぐゆこう
時間をかけて
みがいてゆこう

秋の夜の三行詩

ひらいて
ちった
花

ひかって
きえた
星

だまって
さった
人

一つ

一つの光を
みつめて行くのだ
一つの道を
たずねて歩くのだ
一つの事を
つづけて進むのだ
他を求めようとせず
ただ一つを目ざし
それを深め
極めるのだ

へそ

まことに珍しい
へそを持った石である
その石が「念ずれば花ひらく」碑になり
まるで生あるもののように
生き生きしてきた
へそは東に向いているので
いつも朝日を吸い込み
いつの間にか母親のような
愛情さえ持ってきた
だからかも知れないがお賽銭《さいせん》が
彫り込んである字の中に
いっぱいはいっている

昨日お参りしたら雨蛙《あまがえる》が二匹
夫婦であろうか
への中にひそんでいた

存在

ザコは
ザコなり
大海を泳ぎ
われは
われなり
大地を歩く

大木の幹

大木の幹にさわっていると
大木の悲しみが伝わってくる
孤独というものは
猛獣にすらあるものだ
万年の石よ
沈黙の鬱屈《うっくつ》よ
風に泣け
月に吼《ほ》えろ

ねがい

救世《くせ》観音さま
あなたが両手で
しっかとお持ちに
なっていられるのは
なんでしょうか
美しい珠《たま》でしょうか
それとも
おいしい
握り御飯でしょうか
いまのわたくしには
何かそんな
食べるものの方が

強く思われて
朝夕
あなたのお姿を
拝んでおります
救世観音さま
わたくしが
亡くなりましたあとも
この三人の子供らに
あなたの温かい
おん手のおにぎりを
恵み与えて下さい
どんな生き死にの
苦しい目にあっても
母と子が
飢えずにゆく

一にぎりの
貴い糧《かて》を
頒《わか》ち与えて下さい

バスのなかで

この地球は一万年後
どうなるかわからない
いや明日
どうなるかわからない
そのような思いで
こみあうバスに乗っていると
一人の少女が
きれいな花を

自分よりも大事そうに
高々とさしあげて
乗り込んできた
その時わたしは思った
ああこれでよいのだ
たとい明日
この地球がどうなろうと
このような愛こそ
人の世の美しさなのだ
たとえ核戦争で
この地球が破壊されようと
そのぎりぎりの時まで
こうした愛を失わずに行こうと
涙ぐましいまで清められるものを感じた
いい匂《にお》いを放つまっ白い花であった

愛の電流

こんとん未明の刻
おん霊から発してくる
詩魂の電流
静寂な大気を直進してくる
純にして美なる電流
わたしを動かし
わたしを生かす
はるか彼方《かなた》からの
力に満ち
愛に溢《あふ》れた電流

詩は万法の根源である

詩は万法の
根源である

一枚の葉にも
数千言の詩がしるされ
一個の石にも
数万年の歴史が綴《つづ》られている

詩は
宗教にも
哲学にも

科学にも
先行し
宇宙の根源となって
日月のように
回転し
啓示する

詩はもはや
文人墨客の
風流韻事ではなく
万法の根源となって
全人類の絶滅を来たす
核戦争に抗議し
世界の平和と
人類の幸福とを

かちとるための武器となった
高い空からの声をきけ
深い海からの声をきけ

生きとし生けるものが
人間に呼びかけてくる
あの純粋の声をきけ

詩は万法の
根源である

天を仰いで

心が小さくなった時は
天を仰いで
大きく息をしよう
大宇宙の無限の力を
吸飲摂取しよう

変わらぬもの

毎暁
重信《しげのぶ》橋を渡り
橋の上から

石鎚《いしづち》の山を
拝んでいるが
百年後
千年後
山は存在しても
川も橋も
変わって
いるだろう
変わらぬものは
日の出
月の出
そして
わたしの願い
日本よ
健在であれ

延命の願

私は延命の願《がん》をしました
まず始めは啄木の年を越えることでした
それを越えることができた時
第二の願をしました
それは子規の年を越えることでした
それを越えた時
第三の願をしました
お父さん
あなたの年齢を越えることでした
それは私の必死の願いでした
ところがそれも越えることができたのです
では第四の願は？

それはお母さん
あなたのお年に達することです
もしそれも越えることができたら
最後の願をしたいのです
それは世尊と同じ齢《よわい》まで生きたいことです
これ以上決して願はかけませんからお守り下さい

＊啄木二十七、子規三十六、父四十二、母七十三、世尊八十

嘆くなら

嘆くなら
ただ一つ
愛の足りなさに嘆け

金がないとか
思うようにならぬとか
どこそこが痛むとか
そんなことよりもっと大事な
愛の足りなさに嘆け

人間生きている以上
いろいろなんぎなことが
つぎつぎに起きてくる
でもお任せしておけば
必ずよいようにして下さるのだ
だから人に対し物に対し
まだまだ足りない愛の浅さに
目覚めては思い

寝ては考え
自分を深めてゆこう
嘆きから喜びに変わってゆく
愛の人になろう

真実

宇宙を動かしているもの
歴史を動かしているもの
人間を動かしているもの
それは真実という生命体である
真実こそ神仏の実体である
そのことを知ろう

知らせよう

せかせかと通り過ぎてゆく人に
知らせよう
一輪の花が
あなたを呼んでいることを

魚を釣っている人に
知らせよう
時には餌《えさ》のない糸を垂れて
風の音や
波の音を
ほれぼれと聞くことを

働き疲れぐっすり眠っている人に
知らせよう
月が光り
星が輝き
あなたとあなたの家族とを
温かく守っていることを

病に苦しみ眠られずにいる人に
知らせよう
すべてを任せきることによって
不思議な力が生まれ
闇《やみ》が光になることを

迫りくる死の恐怖に
おびえている人に

知らせよう
仏の説かれた輪廻《りんね》の教えを
死は新しい生に
つながっていることを

ただいま

行ってきますといって
出ていった子が
ただいまかえりましたといって
学校からかえってくる
小学校一年生の女の子の
こえの美しさ
そのひびきの好《よ》さ

求道求聞

八十年は長かったが
やっと授かったもの

大宇宙
大和楽

これがわたしの
求道求聞《ぐどうぐもん》の
開悟だった
地球に額をつけ
明星さまに
お礼を申す

誠実

誠実であれ
誠実であれ
誠実を
なくした時
火は消え
その人も消え
一切の芸も消える
また信仰も消え
霊も消えてしまう
わたしの好きな
朴《ほお》の花ことばは
誠実な友情

これを
むんずとつかみ
生きてゆこう

竹

竹を見ると
一貫の道というものを
教えてくれる思いがする
朝に見る竹　夕べに見る竹
朝に聞く竹　夕べに聞く竹

二人の導師

宇宙は
偉大な方を二人
この母なる星に送った
一人はブッダ・シャカであり
一人はイエス・キリストである
だからわたしは
このお二人を導師として
詩を作り続けてきた
タンポポ堂には
このお二人が並んでいられる
ふしぎな写真がある
ああ

偉大な宗教家は
偉大な詩人である

昼の月

昼の月を見ると
母を思う
こちらが忘れていても
ちゃんと見守っていて下さる
母を思う
かすかであるがゆえに
かえって心にしみる
昼の月よ

南無

南無《なむ》とは
なんですか
そうですね
夜明けの空を
勢いよく
鳥が
飛んでゆき
川が
朝日に光り
音たてて
流れてゆく
あの溢《あふ》れるような

生命が
南無ですよ

ただわたしは

神のうたをつくらず
仏のうたをつくらず
ただわたしは
人間のうたをつくる
人間のくるしむうたを
くるしみから立ちあがるうたを

うつしよにほとけいまして

うつしよにほとけいまして
われをみちびき
われをまもりたもう

うつせみのいのちを
いまにいたるまで
あらしめたもう

ちからよわきわれに
うからをやしなわしめ
いきるひのかてを
あたえたもう

ああ
うつつのごとく
ほとけいまして
なみだながるる
ひかりながるる

誕生

数え年で行くのだ
わたし一人でもいい
母の胎内に宿った時が
誕生なのだ

月への祈り

地球ができた時から
月は常に地球の周りをめぐってきた
だから地球のすべてを知っている
それゆえわたしは
彼岸の河原で
月に向かって祈るのだ
満月となり
三か月となり
消えてゆくまで祈るのだ
地球の平安と
人類の幸福を
守り給《たま》えと

子らゆえに

子らゆえに
虚無にもならず
子らゆえに
悲しみに耐え
子らゆえに
死にもせず
子らゆえに
生を愛す

命がけ

命がけということばは
めったに使っても言っても
いけないけれど
究極は命がけでやったものだけが
残ってゆくだろう
　疑えば花ひらかず
信心清浄なれば
花ひらいて
仏を見たてまつる
この深海の真珠のような
ことばを探すため
わたしは命を懸けたといっても

過言ではない
人間一生のうち
一度でもいい
命を懸けてやる体験を持とう

くりかえし

日が昇り
日が沈む
そのくりかえしのなかで
よろこびよりも
かなしみが多く
輪廻《りんね》し転回していった

満月が
眉月《まゆづき》となり
消えてゆく
そのくりかえしのなかで
わたしの生も
残り少なくなった

花咲き
花散る
大自然のくりかえしよ
一刻一刻を大事に
生きてゆこう

一念

念は
一念でいい
二度とない
人生を
懸命に
生きてゆく
そういう
詩を作り
みなさんに
読んでいただく
その一念でいい

鳩たちに

なんでわたしが
毎暁この橋を渡るのか
鳩《はと》たちよお前たちだけなりと
わかってくれ
そしてわたしの祈りを
多くの人に伝えてくれ
殆《ほとん》どの人は
まだ眠っているが
起きているのは
お前たちだけだから
わたしはお前たちだけが
頼りなのだ

だからこうしてお前たちに
話しかけているのだ
賢い鳩たちよ
如来使《にょらいし》たちよ

宇宙人像に捧《ささ》げる詩

キリマンジャロ頂上に安置された
宇宙人像と
阿蘇《あそ》高天原《たかまがはら》の
幣立《へいたて》神宮に奉納された
宇宙人像との交流交信が
一九九四年平成六年十一月十九日から
開始された

地球の平安と
人類の幸福とが
祈念され始めた
これは地球史の上からも
特記すべきことである
日本民族の新しい門出を告げる
太鼓よ
日にとどけ
月にとどけ

目

今一番
目の澄んでいるのは
明治大正昭和を
生き抜いてきた
おばあさんたちだ
こういう澄んだ深い目は
もう日本から消え去るだろう
悲しみに耐え
磨かれた目は
深海の真珠のように美しい

宇宙人さんの声

——青い星、地球に住む人たちへ

こちらにも
山があり
川がありますが
暮らしている人たちは
みな平等ですよ
そこが一番大きな
ちがいですね
これがわたしに届いた
第一声であった

夜明けよ

夜明けよ
夜明けよ
わたしは子供の時から
じっとこの夜明けを待っていたものだ
もう明けるか
もう明けるかと
ひとり待っていたものだ
それは早く亡くなった父に供える水を
集落の人たちがまだ汲《く》まぬ前に
一番に汲みたかったからである
わたしの早起きには
そんな古い悲しい歴史がある

気海丹田

気海丹田《きかいたんでん》
もうこれしか
ないです
この四文字を
しっかと
臍下《せいか》に
おさめて
前向きに
生きることです
空のように
海のように
広々とした世界に

わが身を
置くことです
夜明けの霊気を
ここにたくわえ
心を磨くのです

詩国三十年

詩国三十年の苦しみと悲しみ
それはわたし一人が知るもの
どん底に突き落とされ
救いを求めて
天地に祈ったりした
苦悶《くもん》の声を

知る人はなく
石や木や鳥たちだけが
知ってくれた
今でも夢のなかで苦しみ
寝巻きの濡《ぬ》れることがある
でも助けて下さる
神があり
仏さまがあり
ここまで辿《たど》りつくことができた
無常流転《むじょうるてん》は
宇宙の定め
二度とない人生を
これから更に精進し
無限の光を求めてゆこう

＊詩国とは月刊詩誌

生きるのだ

いのちいっぱい
生きるのだ
念じ念じて
生きるのだ
一度しかない人生を
何か世のため人のため
自分にできることをして
この身を捧《ささ》げ
生きるのだ

春夏秋冬

四季折々の
花が咲き
四季折々の
鳥が鳴き
四季折々の
食べものがあり
四季折々の
着物を着
春夏秋冬の
声を聞く
こんな国が
どこにあろう

不平を言うな
みんなでもっと良い
国にしよう
明るい住み良い
国にしよう
どうも近頃
変な国になり
川を見ては
嘆くことが多くなった
川よ
この国を救ってくれ

祈り

人間と人間との殺し合いが
いつの日かなくなりますように

憎しみあうことなく
助けあう世の中になりますように

祖国日本が
滅びの道を辿《たど》ることなく
世界の平和を守りゆく
民となりますように

飛びゆく鳥よ

この祈りを
伝えてくれ

風の音

五十億年の地球に
額をつけて祈っていると
五十億年前の地球が
風の音を聞かせてくれる
まだ人間などいなかった頃の
神神だけだった頃の
清清《すがすが》しい風の音を
耳の奥に聞かせてくれる

どうしたら救われるか

どうしたら救われるか

木に聞いてみた
木は答えてくれた
気を充実させることだと

こんどは石に聞いてみた
意志を強くすることだと言う

つぎには鳥たちに聞いてみた
鳥たちは異口同音に
すべてを任せることだと

これには深く感動した

最後に空《そら》に聞いてみた
空はさすがに
大宗教家のようなことを
言って聞かせたが
それはあまりに高遠で
とても短い生涯では
到《いた》り得ないものであった
それでわたしは自分流に
大宇宙大和楽ですねと言ったが
空は黙して答えてくれなかった

いつか龍王さまにでも
聞いてみよう

しんみん道

しんみん道というのが
やっとできました
来て下さい
通って下さい
一人できてもいいし
二人できてもいいし
三人できてもいいです
目じるしは大きな朴《ほお》です
銀の裏葉をきらきらさせています
そして道々には
タンポポたちが出て
声をかけてくれます

風薫り
光華やぐ
真実一路のしんみん道です

手を洗え

手を洗え
手を洗え
核を作る
人間どもよ
手を洗え
神の造り給《たも》うた地球を
破壊しようとする
傲慢《ごうまん》の手を洗え

文字

脳手術後
妻が初めて
書いた文字を
真美子が
持ってきた
入院してから
九十八日目
鉛筆で仮名で
サカムラ
シンミン
とだけ書き
あとは書か

なかったと
意識断絶後の
最初の文字だけに
ありがたく
うれしかった

＊平成六年二月二十七日、妻が突然くも膜下出血で
倒れ、手術を受けた

五十九年間

五十九年間
苦労をかけた人を
死なせてなるものか
じっと寝ているだけでもいい

側《そば》に居てくれればいいのだ
そう念じ
もうすぐ花を開こうとする
朴《ほお》の木の下で祈る

誕生日

いくら年をとっても
誕生日というものは
感動でいっぱいになる
いつもの通り混沌《こんとん》未明に起床し
まず足の裏を
たんねんに揉《も》むのであるが
生まれてからこのかた

わたしを支えてきたこの足の裏に
今日は特別お礼を言い
称名《しょうみょう》念仏し心をこめて揉む
まだ若くして
わたしを産み下さった母の
その日のことが浮かび
涙ぐましくなる
父も母ももういまさぬが
こうしてわたしはいる
その大恩に感謝しながら
わたしは足の裏を揉む

念の種

どんな種の中にも
念が入っています
タンポポには
タンポポの念が
朴《ほお》には
朴の念が
そのことを
知ったら
あなたの
体の中の念を
丹田《たんでん》に植えて
花を咲かせ

大宇宙の念を
多くの人に
知らせてください

一人で生きてゆこうとする子へ

一人で生きてゆこうとする子へ
毎暁彼岸の川原から祈りを送る
星の輝く日は星までとどけと
風の烈《はげ》しい日は風よ頼むと
真言《しんごん》を唱えて祈る
挫《くじ》けるな
光を消すな
悲しみに沈むな

巨木のいのち

百年のいのち
千年のいのち
大地に立ち続ける
木のいのち
見える世界と
見えない世界とを持ち
いのちの尊さを知らせてくれる
巨木のいのち
聖なるいのち
額をつけて祈り
わたしは木のいのちを
身につける

いかなる風にも
倒れないい強いいのちを

便り

ダチュラの花が
咲きました
先生の愛される花に
初めて会えました
こんな便りが
一番いい

かなしさ

男のかなしさ
女のかなしさ
どうすることもできない
人間のかなしさ
それをしっかと知っていた
一遍《いっぺん》さん
だからわたしは
この人を慕い
この人のあとをついてゆくのだ

冬生まれ

冬生まれの
しんみんよ
冬の持つ
きびしさを
身につけよ
老いても
これを失うな
風雪に耐える
冬の木であれ

川

川はいい
川のどこがいいか
それはいろんな処《ところ》に降った雨が
ひとつに集まり
海へ向かって
流れてゆくのがいい
人間もそのように
みんなが幸せを求めて
生きてゆくんだと
教えてくれるところがいい

うた

生きる命の
うた歌え
しぼまぬ花の
うた歌え
変わらぬ愛の
うた歌え
宇宙和楽の
うた歌え
うたは良いもの
ひびくもの
真民独自の
うた歌え

帰ってきた

帰ってきた
帰ってきた
神仏のおん守りを頂き
命を取り戻し
妻が帰ってきた

夕食を早目にし
三人で乾杯する
頂きますも
言えるようになり
箸《はし》で食べることも
できるようになり

脳からの指令が
このひとを元に戻し
明るい顔にしてくれた
わたしの心も
明るくなった

ああ
憂《う》いの奥山を
また一つ越え
新しく生きるのだ
大和楽の酒が
今日は特別うまい

＊大和楽は私が命名した大吟醸銘酒

海

海に囲まれた国
日本という国を
地図で見ていると
日本民族の使命が
何であるかを知ることが
できよう
特に一白《いっぱく》水星のわたしは
海から生まれ
海に帰ってゆく
そういう人間なのだから
特別この使命を
果たさねばならぬと

痛感する
ああ
愛の大海に身を沈め
愛の人となろう

もっとも美しかった母

もっとも美しかった母の
その姿がいまもなお消えず
わたしの胸のなかで匂《にお》うている
きょうはわたしの誕生日
わたしに乳を飲ませて下さった最初の日
わたしはいつもより早く起きて母を思い
大地に立って母の眠りいます

西方九州の空を拝み
満天の星を仰いだ
その日もきっとこんなに美しい
星空だったにちがいない
よく母は話してきかせた
目の覚めるのが早い鳥たちが
つぎつぎに喜びを告げにきたことを
その年は酉年《とりどし》だったので
鳥たちも特に嬉《うれ》しかったのであろう
そういう母の思い出のなかで
わたしが今も忘れないのは
乳が出すぎて
乳が張りすぎてと言いながら
よく乳も飲まずに亡くなった村びとの
幼い子たちの小さい墓に

乳をしぼっては注ぎしぼっては注ぎ
念仏をとなえていた母の
美しい姿である
若い母の大きな乳房から出る白い乳汁《ちちしる》が
夕日に染まって
それはなんとも言えない絵のような
美しい母の姿であった
ああ
いまも鮮明に瞼《まぶた》に灼《や》きついて
わたしを守りわたしを導き
わたしの詩と信仰とを支えている
虹《にじ》のような乳の光よ
春の花のような乳の匂いよ

野の花

明るくて
朗らかで
いつもにこにこしている
野の花

神から授かった
そのままの装いで
今も咲いている
野の花

素直で
遠慮深くて

つつましい
野の花

わたしは足をとめ
じっと見つめる
するとかならず
声がきこえてくる
それは神のことばのように
わたしの詩心を
瑞々《みずみず》しいものにしてくれる

ああ慕わしいのは
野の花
野の人
野の心

ふしぎ

長寿の相なんかどこにもない私が生きている
ふしぎのなかのふしぎである

愛をこめて

遠くからこられる方たちだから
愛をこめてお迎えしよう
どんな良い料理を用意しても
愛がこもっていなかったら
喜んでは下さらないのだ
貧しい山菜の料理でも

心がこもっていたら
どんなにおいしく
食べて下さることだろう
迎える家族の者の心が
何よりの御馳走《ごちそう》なのだから
愛をこめて作りお迎えしよう
年に一度のこのお盆を
ああ来てよかったと言って
帰られるように
楽しいものにしよう

木を植えよう

地球上に
一本でも多く
木を植える
それをやる人を
一人でも多く増やしてゆこう
わたしたち朴《ほお》族は
朴が好きだから
朴を一本でも多く
この地球に植えようと
約束し実行してきた
人間は長生きしても
まあ百年だが

植えた木たちが
五百年も経ったら
見事な木になる
そして人からほめられ
愛され
お役に立つ
木々は炭酸ガスを吸うて
酸素を出す
人間は炭酸ガスを出して
酸素を吸う
この切っても切れない
生命の交換を感謝し
地球上に一本でも多く
木を植えよう

妻を歌う

とことこ
とことこ
どこへ行く
きのうおぼえた
その道を
きょうはわすれて
とことこと
妻の歩みの
あどけなさ

にこにこ
にこにこ

おてんとさん
妻もにこにこ
楽しそう

脳がすっかり
変わってしまい
言うこと
すること
子供か
神か
仏に近い
人となる

一心称名

一心称名《いっしんしょうみょう》が
詩になってゆく
それが
しんみんさんの
詩ですと
あなたは言う
何とありがたい
言葉であろうか

声援

春になると
しっかりするんだ
しんみんさんと
いち早く花をつけて
タンポポたちが
励ましてくれる
そして秋になると
こころ澄ませて
よい詩を作れと
こおろぎたちが
声をそろえて
力づけてくれる

おむすび

たきたてのごはんの
おむすびのうまさ
ひとつぶひとつぶが
ひかりかがやいて
こころやさしいひとの
りょうてで
かたくもなく
やわらかくもなく
うっすらしおけをふくんで
にぎられた
おむすびの
おいしさ

むすびあうという
そのことばのよさ

夕ぐれ

詩もなき
歌もなき
夕ぐれ
しきりに
鵙《もず》がなく

接触

木に体を寄せていると
木の命が伝わってくる

石に耳を当てていると
石の声がきこえてくる

仏さまの足に
額を当てていると
ここまできた仏縁の深さに
涙がにじんでくる

お互い温かい心で

接してゆこう
手を握りあって
生きてゆこう

苦

苦がその人を
鍛えあげる
磨きあげる
本ものにする

念仏

念仏となえて落ちてくる朴《ほお》の広葉を
念仏となえて拾う
そんな朝は
朴とわたしとが
一つになって
光となり
風となり
天地いっぱいの
念仏となる

結び

人との結び
仏との結び
神との結び
最後に
大宇宙との結び
結びから生命が生まれ
いのちが誕生する
結びこそ日本精神の
根幹である

人の世の波のなかで

人の世の波のなかで
それぞれの運命を背負い
生き耐えている人たちの
嘆き悲しみが
電波のように伝わってくる
できることなら
そういう人たちの胸に
あかりをともしてあげたい
あかりがともりさえすれば
すべては好転し
嘆き悲しみの幕はとれて
喜びの舞台となる

そのことを告げ知らせたい

雨とセザンヌ

一つの作品が出来あがるまで
人はどんなに苦しまねばならないか
自分の肉体を引き裂くように
自分の作品を焼き捨てた
狂おしいまでの彼を思った
絵をかきながら
神にまで昇華してゆく
聖僧のような彼を考えた
雨がまたひとしきり
烈《はげ》しい音をたてた

体温

わたしが世尊のみおしえに
こうもこころをひかれるのは
血につながっているような
あのなんともいえない
体温を感ずるからである
熱くもない
冷たくもない
愛のあたたかさが
体にしみこんできて
胸にあふれてきて
ただただこのわたしを
生かしてくださる

ほのぼのとしたありがたい
体温をおぼゆるからである

さだめ

さすろうは
わが身のさだめ
散りゆくは
花のさだめ
悔やまず
嘆かず
すべてを任せ
身軽に生きよう

川は師であった

わたしは川から
多くのものを
学んできた
川がわたしに
人生を教え
真理を
告げてくれた
ロマン・ロランに
近づいたのも
川が
誘ってくれたのだ
川はわたしの

師であった

旅

仏さまは
どこにも
いなさるという
体験をさせてくださる
旅のありがたさよ

未明こんとんの中で

石が呼んでいる
木が呼んでいる
草が呼んでいる
虫が呼んでいる
鳥が呼んでいる
あの人が呼んでいる
この人が呼んでいる
わたしはじっと
その声を聞いている
未明こんとんの中で
耳をかたむけている

一心

限りある命だから
蟬《せみ》もこおろぎも
一心に
鳴いているのだ
花たちも
あんなに
一心に
咲いているのだ
わたしも
一心に
生きねばならぬ

誠実な友情

天地宇宙を貫く
一本の棒
それは誠実な友情

天地宇宙を包む
一枚の布
それは誠実な友情

天地宇宙が告げる
一つの言葉
それは誠実な友情

瑞鳥鳳《ずいちょうほう》が歌う
一つの讃歌
それは誠実な友情

誠実こそ
平和の基
幸福の根底

ああ
捨て果てて
捨て果てて
残ったものが誠実
人間実存の不朽の宝

凜凜

悩み苦しんだ
一夜は明けた
喚《わめ》いていた妻も
眠ったようだ
リンリンとした
夜明けの空気が
わたしに
生きる勇気を
与えてくれる
断定の祈りが
わたしに
大きな力を

授けてくれる
行け
凜凜《りんりん》と

影

影あり
仰げば
月あり

秘訣

感謝の
一呼吸
一呼吸
これが健康長寿
幸福の秘訣《ひけつ》
みなさん
これを身につけてください

鳩寿

とり年生まれの
わたしを
鳥たちが
守ってくれ
鳩寿《きゅうじゅ》となった
愛と平和の鳩《はと》よ
大宇宙
大和楽
宣揚のため
あとしばらく
詩を作らせてくれ
頂いた

鳩寿の杖《つえ》よ
所願を成就し
天寿を
全うさせ給《たま》え

茶と詩

心かなしむ人のために
心すさびた人のために
心から
おいしく飲んでもらう
一服のお茶を
進ぜられるように
なりたい

そうあなたは言われる
心くるしむ人のために
心きずついた人のために
心から
うれしく読んでもらう
一篇《ぺん》の詩を
作り得るようになりたい
そうわたしは答える
そのたび
私たちを
結んでくれるのは
東洋に伝わる
深い慈愛の教えであった

弁才天さま

弁才天《べんざいてん》さまが
わたしをお守り下さっているという
手紙を
思いもかけない
女のひとから頂いた
そんなことから
琵琶《びわ》を取り出し
久しぶり琵琶を弾いた
弁才天さま
あなたと共に
琵琶を弾き
空の果て

海の果てまで
飛び回りましょう
母なる地球を
こんなに汚してしまい
あまりにもひどい
人間たちの横暴
それはもう限界にきました
生きとし生けるものの
幸せのため
平和のため
あなたと共に
宇宙の愛
地球の恩を
知らせて
飛び回りましょう

そのための琵琶だったのだと
今日はしみじみ思いました
ありがたい嬉《うれ》しい日でした

光る

海から日は出《い》で
満山の露が光る
まさに華厳《けごん》
この時からわたしはしっかりと
光を求めて歩み始めた

地球と共に

――田中一村画展を観《み》て帰り

しんみんよ
詩を書き続けろ
詩を書き続けろ
死ぬまで
詩を書き続けろ
そう自分に言い聞かせ
時速十万キロの
地球と共に
回転し
祈念しよう

仏島四国　春

四国連山の雪が消えると
一時に大地は
菜の花ざかりとなる
タンポポも花をつけ
路《みち》ゆく人の足をとめ
桃の花もほほえみかけて
働く人の心をよろこばせる
そして春の鳥が
諸仏諸菩薩《ぼさつ》の
徳をたたえて
人々に呼びかける

四国は仏島である
世界にもない
仏の島である
八十八ヵ所の霊場が
大きな数珠のように
この四つの国々を
めぐりつないでいる

南《な》無《む》大師《だいし》遍照《へんじょう》金剛《こんごう》と
信仰あつい人々の声が
春のいぶきと共に
野に山に
海沿いの路に
ひびきわたる
そして数々の霊験が

石にきざまれ
一木一草にしみわたって
大師の徳を
今に伝えている
ああ
日本の庶民の信仰が
今もなお素朴にして
美しくたくましく
その人々を幸せにし
その人々を豊かにし
生きる喜びと
安らぎとを与えている

大空には白い雲が流れ
大地には白衣《びやくえ》の人々が続き

四国のおへんろの鈴の音に
春の幕があけられてゆく

一途

尊いもの
一途《いちず》なる歩み
光るもの
一途なる姿

千年のまなざし

今年から
わたしの
まなざしが
変わりました
千年の
まなざしと
なりました
これでやっと
宇宙人との
仲間入りができ
嬉《うれ》しい限りです
すべては

明星さまの
おかげです

一つの地球の上で

国があるから
憎しみが生まれ
色がちがうから
差別が生まれ
宗教や主義や思想が
異なるから
争いが起こり
一つの地球の上で
なぜにこうも苦しみが

絶えないのであろうか
愛と和と光の
タンポポの旗を作りながら
夢よいつの日か
かなえてくれと
天高く振りかざしたい
念に燃えた

ハレルヤ

なすべきことを
なし終えて
昇天した人には
悲しみはない

だから
ハレルヤ
ハレルヤ
と唱えて
マザー・テレサ
さんを
お送りしよう
どうか天界から
愛のお声を
お聞かせ
ください

回帰

魚が帰ってゆくように
鳥が帰ってゆくように
星が帰ってゆくように
わたしも生の初めに帰ってゆこう
長い間流れ流れて
行方を知らぬ流木のような生活から
古い血が動き出し
生まれた家の柱が呼ぶ
待つひとは誰もいないが
柱だけは
呱呱《ここ》の声を知っていて
木木に伝え

鳥たちに伝え
歓迎してくれるだろう
回帰本能など
皆無だと思っていたわたしに
ふと芽生えてきた
不思議な円相現象
五十兆の細胞の叫び

冴える

大気が冴《さ》える
月が冴える
星星が冴える
わたしの心も冴える

新しい川

下るんだ
下るんだ
川のように
下へ下へと
下るんだ
海に達するまで
下ってゆくんだ
川は
わたしの姿
わたしの心
紀元二千年
新しい川よ

底辺に生きる
人たちを
幸せにしてくれ

感謝と祈り

金になるようなことは
何一つせず
詩に生きてきた
詩を作るより
田を作れと
言われながら
世の片隅で
詩精進してきた

齢《よわい》九十歳となり
なお詩に執し
詩神に祈る
わがあけくれよ
貧乏させて
妻にはすまなかったが
ついてきてくれ
感謝で一ぱいだ
日月よ
星星よ
日本の
山河よ
平和であれ
良い国であれ
幸せであれ

南無の祈り

生きがたい世を
生かして下さる
南無の一声《ひとこえ》に
三千世界が開けゆき
喜びに満ちてとなえる
南無の一声に
この身輝くありがたさ
ああ
守らせ給《たま》え
導き給え

一丸となって

二十一世紀以後の生き方は
一丸となって
大宇宙大和楽の
地球作りをしてゆくことにある
そのうち他の惑星からの
交信もあるだろう
そういう時代が
必ずやってくるのだ
その時他の惑星人から
笑われないように
大和《だいわ》の地球作りをするため
大和《やまと》民族はあるのだと

一大自覚を持って生きてゆこう

月と鯨

妻呼ぶ鯨《くじら》の
声聞けば
月も冴《さ》え冴《ざ》え
冴えわたる
かつては
陸にいた頃の
ことを知ってる
月ゆえに
鯨も
ほろりと涙する

海よ
輝け
鯨よ
跳べよ

万年のまなざし

万年の
まなざし
それは
仏さま
菩薩《ぼさつ》さまの
まなざし

人間は
まあ
千年のまなざしで
いい
そしたら
そのうち
きっと
平和になるし
戦争も起こらないだろう
貧しい人もなくなるだろう

ねがい

風の行方を
問うなかれ
散りゆく花を
追うなかれ

すべては
さらさら
流れゆく
川のごとくに
あらんかな

新二度とない人生だから

二度とない人生だから
一日でも長く生きて
世のため
人のために
何かをしよう

二度とない人生だから
母なる地球を
優れた星にするために
大宇宙大和楽の真言《しんごん》を
一ぺんでも多く唱えよう

二度とない人生だから
前向きに生きて
心眼を開き
感謝と喜びに燃えよう

二度とない人生だから
宇宙無限の気を
吸飲摂取して
悔いのない人生を
送ってゆこう

二度とない人生だから
日本民族の使命を知り
信仰と希望と愛に生きよう

二度とない人生だから
一つのものを求め続け
一念不動
花を咲かせ
実を結ばせ
自分の夢を成就しよう

二度とない人生だから
鳥たちのように
国境のない世界を目指し
共存共栄の
地球造りをしよう

二度とない人生だから
華厳《けごん》のお経が説くように

すべては心の置き処《どころ》
気海丹田《きかいたんでん》
ここで心を練り
ここで呼吸をしてゆこう

報恩

しんみんさん
詩はあなたにとって
何ですか
報恩です
不孝不実の
罪のつぐないです
そう答え続けて幾十年

詩を書いてきた
庭に植えた朴《ほお》にも
やっと花が咲くようになった
朴も恩に報い
咲くのであろうか
主《あるじ》が
晩成《おくて》なら
朴も晩成
これからもゆっくりゆこう
少しずつでもいい
背に負う恩を返して
軽い体となり
父母います国へゆこう

気

しんみんさんすべてが気ですよと
朴《ほお》が言う
愛する木が言うのだから
これは信じよう
すべてやる気がなかったら
なに一つ成就はしないのです
漢字国に生まれたんだから
辞典を引いてごらん
なるほどね
息とあるね
また万物生成の根源ともあるね
しんみんさんあんたの体の中には

小さい時別れた樹齢六百年の
いちい樫《がし》の生命が
流れ込んでいますよ
今日まで生きてきたのも
その木の力ですよ
あとしばらく朴の言葉が続き
久しぶりに気力が充実してきた
気がついたら夜が明けていた

晩年

人間晩年が大事だ
晩年の美如何《いかん》が
その人を決定する

発信と受信

いい受信機を持たなければ
どんないい言葉が発信されても
何の役にも立たない
大宇宙は
実にいろいろなことを
発信している
その中の一番大事なことが
大和楽である
このことを地球上すべての人が
知った時
本当の平和と幸福とが
招来するであろう

核爆弾など造る人間は
一人もいなくなるだろう
すべての人よ
大宇宙の声を聞け

祈りの中から

祈りの中から
生まれてくる詩
それも
夜明けの
祈りの中から
湧《わ》いてくる詩
鳩寿《きゅうじゅ》になったので

世事を歌う
詩でなく
祈りの中から
生まれてくる
命の泉のような
力になる詩を
残してゆこう

二十一世紀を
迎えようとする時

あとから来る者たちのために
なにをしなければならないか
どんな人間に

ならねばならないか
そういうことをいつも考え
生きている人たち
仕事をしている人たち
数は少ないが
そういう人たちと
手を組んでゆこう
声を揃《そろ》えてゆこう
明るい地球にするために
楽しい宇宙にするために

この星の輝く限り

この星の
輝く限り
わたしも生き続け
もろびとの幸せと
世界の平和とを
祈ろう
すべての星が
消えても
一つ残りて
光り給《たも》う
明けの明星よ

その愛の
深さよ

あとがき

すべてが一新されねばならぬ、宇宙時代がやってきました。

神も仏も、すべてこの宇宙の中に包括され、宇宙と共に動いてゆく、新しい時代がやってきました。

つまり宇宙の心を知り、宇宙の意志を知り、宇宙が目指す方向に、素直に従ってゆく者たちだけが、生き残るという、衆生《しゅじょう》無《む》辺《へん》誓《せい》願《がん》度《ど》の時代がやってきたのです。

でもそこに到達するには、五百年はかかるかもしれません。心配なのは、それまでにいくつかの国が滅んでゆくであろうことです。

歴史は神です。だから興亡の歴史を知り、善処しなければなりません。国も個人もです。

母なるこの地球は、宇宙の意志で、動いています。

だからわたくしは、毎暁地球に額をつけて、地球の平安を祈ってきました。わたくしが「大宇宙大和楽」の真言《しんごん》をいただいたのは、今から十年も前、八十一歳のときでした。

宮崎県の高千穂神社に参拝し、夜神楽を観《み》ているとき、大和楽の啓示をいただき、その翌々日、熊本県阿蘇《あそ》の高天原《たかまがはら》にある、日の宮幣立《へいたて》神宮にお参りしたとき、宇宙大和神という、日本民族の神が在《おわ》しますことを知りました。その二つのお宮から、大宇宙大和楽という、日本国と日本民族が、宇宙の中で、何を為《な》すべきかの使命を知らされたのでした。従ってわたくしの宇宙論は、西洋の学者や、日本の宇宙科学者が説く宇宙論とは異なり、心霊を持つ宇宙畏敬《いけい》の信仰的なものであります。

そういうことを知っていただきましたら、この詩集が、どんな意味を持つものか、わかっていただけると思います。

本書は、わたくしの三部作詩集の完結編であり、第一部の『念ずれば花ひらく』、第二部の『二度とない人生だから』に続き、大飛躍して『宇宙のまなざし』と名づけました。この書が、九十一年生きた一詩人の、宇宙に捧《ささ》げる花束ともなればと思います。

対立したものからは、平和も幸福も生まれてきません。

宇宙には対立もなく、差別もなく、すべてが平等です。

わたくしは『華厳経《けごんきよう》』から釈尊《しやくそん》に近づき、東洋の心をつかみ、無差別平等の信仰を身につけてきました。この心を一番持っているのが、日本民族です。

今は失われたように見えますが、遺伝子の中には、脈々と生き続けています。

どうか一人でも多くの人が、宇宙の心を知り、宇宙への祈りを捧げるようになってもらいたいと思います。宇宙心霊は偉大です。無限の力を持っています。わたくしが九十一歳になることができたのは、宇宙心霊のおん守りのおかげです。

ああ宇宙のまなざしの
なんという
明るさよ

穏やかさよ
美しさよ
優しさよ
涼しさよ

それは小さい動植物たちが、一番よく知っています。

どうか宇宙のまなざしを持つ人が、一人でも多くなって、母なる星地球を、平和で幸福な星とするよう、祈り願ってやみません。

終わりになりましたが、わたくしの数多くの詩の中から選定し、三部作として、世に出してくださいました編集部長の植木宣隆さんをはじめ、中心となって細かなことに至るまで心を配り、完成させてくださった斎藤竜哉さんに、厚くお礼を申し上げます。

また三部作それぞれに、片山克さんが解説を書いてくださり、わたくしを知らない人々に、この方にしか書けない文でわたくしと詩のことを紹介し、詩集に重みをつけてくださいました。心から感謝致します。

人間の誕生も、本の誕生も同じようなものだと、しみじみ思い、世に送り出しますが、わたくしが一番期待するのは、若い人たちです。古いものにとらわれず、生きてゆこうとしている、これからの人たちです。御愛読いただければ幸甚です。

人間中心の時代は終わり、宇宙もろもろの命を
大切にする時代になるよう念じながら

タンポポ堂にて

鳩寿一　真民

真民さん――その祈りと願い

坂村真民さんは、毎日午前零時前に起床、未明混沌《こんとん》の霊気の中で打坐《だざ》し、称名《しょうみょう》し、念仏し、詩作する。三時三十六分には、屋外に出て「暁天祈願《ぎょうてんきがん》」を行う。その時刻は、野鳥が目覚める平均時刻であり、宇宙の霊気が一番生き生きしている時間だからだという。

真民さんは、まず自宅の庭にある朴《ほお》の木の下で祈願する。そして暁天の大地に立って、月のあるときは月に向かい、月のないときは星に向かい、腹いっぱいに光を吸飲して祈る。

その最初の言葉は、次のような「三つの祈り」である。

一つ　宇宙の運命を変えるような核戦争が起きませぬように

二つ　世界人類の一致《ユニテ》が実現しますように

三つ　生きとし生けるものが平和でありますように

この三つの祈りを唱えたあと、真民さんは、詩縁の人々の平安を祈り、家族の無事を祈り、詩願の成就と月刊詩誌『詩国』賦算《ふさん》の達成を乞《こ》い願う。

この暁天祈願は、真民さんが参禅するようになってから始めたもので、長い歴史を持っているが、六十五歳で教員生活を終えてからは、それに引き続き、近くの重信川《しげのぶ》の橋を渡って、明星礼拝も行っている。

真民さんは、その著『愛の道しるべ』（柏樹社刊）の中で「祈願という言葉を分析すると、祈はキリスト教的であり、願は仏教的である」と言っているが、釈尊《しゃくそん》とイエス・キリストを「二人の導師」と仰ぐ真民さんにとって、「願い」と「祈り」は、その詩のバックボーンをなすもので、それが理解できなければ、真民詩の真髄に触れることはできない。「三つの祈り」の内容は、先にみたように、自分のご利益《りやく》を真っ先に願う一般人の祈りとは異なっている。

この点について、真民さんの恩師森信三先生は、次のように言っておられる。「氏の詩業の根底には、氏のふかい大乗仏教《だいじょうぶっきょう》への信がこれを支えているということであって、この点はかの宮沢賢治の童話その他の作品が、畢竟《ひっきょう》じてついに法華経《ほけきょう》精神の現代における再現であるのと、奇《く》しくも相通じるものがあるであろう。随《したが》ってそこに如何《いか》なる素材が扱われていようと、氏の詩の一々の背後に、そのふかき大乗仏教的信を感知しえない人は、いまだ氏の詩業の真価を知るものとはいい難いであろう」(『自選　坂村真民詩集』〈大東出版社刊〉序より)と。

真民さんの祈りの起源は、少年期に遡《さかのぼ》る。それは、信心深い母親の影響を受けたものである。仏教信徒の家に生まれた真民さんが満八歳のとき、父親が喉頭《こうとう》がんで急逝した。それ以後母親の勧めにより、毎日夜の明けるのを待って、共同井戸の水を汲《く》みに行き、父の「のどぼとけ」にお水をあげ、どん底の生活の中で、父の守護を切願するようになった。それは、中学校を終えるまで続いたという。

玉名中学校(熊本)を卒業して、伊勢の神道系の専門学校・神宮皇学館に学び、多感な青春の日々を伊勢の海や川や山に慰め励まされた。そして母なる神を祭る自然というものを、胸深く知ることができた。

時は茫々《ぼうぼう》と流れ、国はかつてない敗戦の惨苦をなめ、真民さんも朝鮮からの引き揚げ者として故郷の九州に帰った。その後、縁があって四国に移り住み、自己をつくるために詩歌の道に入った真民さんは、深い仏縁に恵まれ、新しい詩境が展開していくのである。

四国に渡って七年目の昭和二十八年三月、後に「大詩母さま」と呼ぶ杉村春苔尼《しゅんたいに》先生にめぐりあった。そのときのことを「このひととの邂逅《かいこう》は、私にとって大回心となった」と自らの年譜に書きしるすほど、真民さんは変わり、本当の仏の世界を知ることとなる。それは、二度とない人生を自覚させ、人に生きる力を与える詩を書く、新たな決意をさせた。さらに時宗の開祖一遍《いっぺん》上人を知るにおよび、すべてを捨てて、大いなるものに己を託して祈るとともに、いろいろな「行《ぎょう》」を積むようになった。

そしてそれが、キリスト教に接近していく機縁となって、祈りにおいては最高最大の人と尊敬するキリスト教マクヤの手島郁郎師の接見を受ける。師は、「大いなるもの（神）が、その人を捉《とら》え導き始める経験、それが宗教だ」と説き、「念ずれば花ひらく」は、キリストの「信ずるごとくになる」と同じ意味だとして、この真民さんの真言《しんごん》（真実な言葉）をよく取り上げられた。

念ずれば花ひらく

念ずれば
花ひらく

苦しいとき
母がいつも口にしていた
このことばを
わたしもいつのころからか
となえるようになった
そうしてそのたび
わたしの花がふしぎと
ひとつひとつ
ひらいていった

これは、最もよく知られている真民詩の一つで、代表的な祈りの詩である。この詩は、昭和三十年、真民さんが四十六歳の頃、次のような背景のもとで詠《よ》まれたものである。

真民さんは、「疑えば花ひらかず……」という短い言葉を探すため、気が遠くなるほど膨大な『大蔵経《だいぞうきょう》』を三回も読むという猛烈な精進によって失明寸前となった。ご本人の説明によれば、「何の親孝行もできず、こんな体になって母にすまないと思ったとき、生命現象として、私の脊髄《せきずい》の中に入ってきた言葉、体験の世界で生まれた詩であり、追いつめられた中で浮かんできた母の熱願である」という。「念ずれば花ひらく」の花は、植物の花ではなく実践の証《あかし》という精神的な意味を持ち、「念ずれば花ひらく」とは、神仏に誓いを立てて、実行すれば、花は必ずひらくという「断定の祈り」である。

真民さんの祈りは、一心称名《いっしんしょうみょう》、五体投地《ごたいとうち》、不忘念《ふもうねん》の念唱などの行《ぎょう》をともない、衆生無辺誓願度《しゅじょうむへんせいがんど》（人さまを幸せにしてあげること）を願うもので、これが、この世に生を受けたもののつとめだという。真民さんは、霊能者ではないけれども、そうした祈願の証として、言霊《ことだま》（言語に宿る神霊）の響きを持つ詩句を授かり、そこから人々の心を打つ詩が生まれてくる。

「念ずれば花ひらく」の八字十音は、詩から独立した真言として、多くの人々に念唱され、数多くの真言碑が各地に建立されているが、平成に入ってからは「大宇宙大和楽」というもう一つの真言が加わった。

新しい真言「大宇宙大和楽」は、「大宇宙の大念願は大和楽である」という意味で、真民さんが阿蘇《あそ》の幣立《へいたて》神宮で啓示を受けた「祈り」の到達点であり、究極地である。

この詩集の題名『詩集　宇宙のまなざし』は、そこから来ているが、それを真民さんの言葉で伝えれば、次のようになる。

「宇宙は物ではない。心を持った愛と平和の偉大な生命体（宇宙心霊）である。その宇宙に心服する人間の目を〝宇宙のまなざし〟と呼んでいるが、それは千年先までも見る目のことである。人間は、自分の体の中に宇宙（気海《きかい》丹田《たんでん》）を持っている。自分の体は、宇宙の縮図であるという自覚を持って、世の中のためになる仕事をしなければならない。それが、四方を海に囲まれ、八百万《やおよろず》の神を祭る日本民族の使命である」

日本人は、自然そのものを神として崇拝し、伝来の仏教もキリスト教も受け入れ、それを自らの宗教として信仰してきた。フランスのアンドレ・マルローが、そうした日本人の精神構造を絵画の中に発見し、「日本の美」として世界に伝えたように、真民さんは、詩を通して、日本民族の可能性と使命感を訴え続けている。

いま世界は、政治、経済から、科学や文化まで、国境を超えたグローバルな広がりを見せている。こうした流れの中で、英語、ドイツ語、韓国語対訳の真民詩集が出版され、さらに中国語にも翻訳する動きが出ている。このように真民さんの詩が国際的に理解され、愛唱されるようになれば、「世界人類の一致《ユニテ》」も夢ではない。

『詩集　宇宙のまなざし』が、二十一世紀の日本を背負う若者たちのまなざしを広げ、世界にはばたく力となれば幸いである。

平成十二年厳冬

全国朴の会会長　片山　克

坂村真民（さかむら・しんみん）
詩人。一九〇九年熊本県生まれ。二十歳のとき岡野直七郎の門に入り、短歌に精進する。二十五歳のとき朝鮮に渡り教職に就く。終戦後は四国に移り住む。五〇年、四十一歳のときに詩に転じ、個人詩誌『ペルソナ』を創刊。六二年より発行し続けた個人詩誌『詩国』は、二〇〇四年に五〇〇号を迎えた。九一年仏教伝道文化賞受賞。二〇〇六年没。
主な著書に『詩集　念ずれば花ひらく』『詩集　二度とない人生だから』（小社刊）、『坂村真民全詩集（全六巻）』『自選坂村真民詩集』『詩集　朴』（いずれも大東出版社）、随筆集『念ずれば花ひらく』『生きてゆく力がなくなる時』『愛の道しるべ』（いずれも柏樹社）、『遊筆遊心』（致知出版社）、『自選詩集　千年のまなざし』（ぱるす出版）など。

詩集　宇宙のまなざし

二〇〇〇年三月十五日　初版発行
二〇一四年三月二十日　第八刷発行

著　者　坂村真民
発行人　植木宣隆
発行所　株式会社サンマーク出版
東京都新宿区高田馬場二-一六-一一
（電）〇三-五二七二-三一六六
印刷　図書印刷株式会社
製本　株式会社若林製本工場

ISBN 978-4-7631-9302-5 C0092
ホームページ　http://www.sunmark.co.jp
携帯サイト　http://www.sunmark.jp